El extraño

Gian Marcos

Para Ale la que cambió mi mundo.

"Dicen que he derramado sangre inocente... pero, ¿para qué sirve la sangre si no es para derramarse?".
Candyman

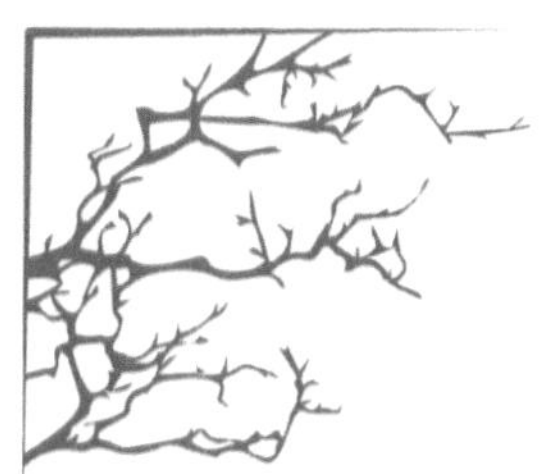

Prólogo

Era un automóvil sin distintivos, un Nissan Sentra de color negro con algunas décadas encima, justo en medio del parking del centro comercial más grande de Columbia Washington. Alrededor se podían percibir decenas de policías acordonando el área con cintas amarillas. Desde la distancia se podría pensar que se trataba de otro homicidio más, pero el asombro en los rostros de algunos detectives cerca indicaba que tenía que ver con algo más siniestro que un simple asesinato.

Índice

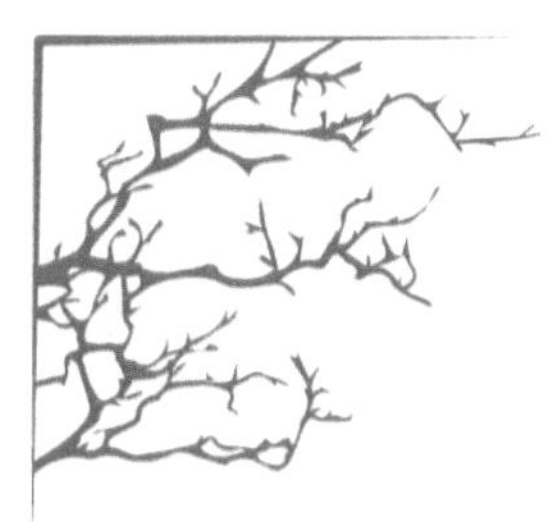

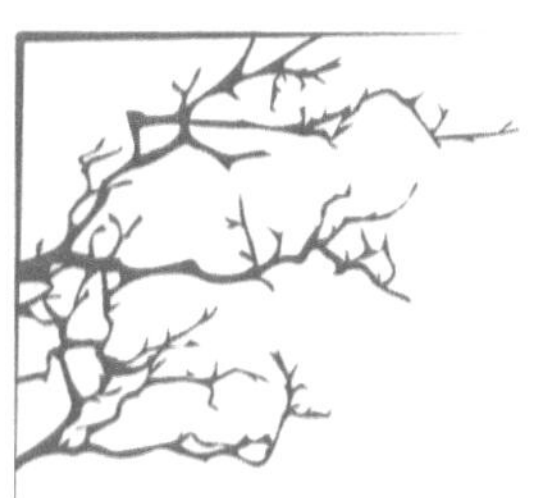

Pánico

Washington D.C. 12 de noviembre 6:12 A.M

ERA UN AUTOMÓVIL SIN distintivos, un Nissan Sentra de color negro con algunas décadas encima, justo en medio del parking del centro comercial más grande de Columbia Washington. Alrededor se podían percibir decenas de policías acordonando el área con cintas amarillas. Desde la distancia se podría pensar que se trataba de otro homicidio más, pero el asombro en los rostros de algunos detectives cerca indicaba que tenía que ver con algo más siniestro que un simple asesinato.

—¡Santo cielo! Creo que voy a vomitar —dijo el agente Tom Logan justo a medio metro del cadáver femenino en el interior del Nissan. A un lado estaba el inspector en jefe Richard Martel sacando deducciones y analizando minuciosamente con la mirada algunas partes del auto, como tratando de visualizar la escena completa.

—Quien sea que haya cometido esta brutalidad sobrepasa el odio —comentó, alejándose de inmediato a la parte de atrás del auto mientras arribaba Lisa Owen la jefa del departamento de criminología forense.

— ¡Vaya! Al fin llega, — murmuró para sí el inspector —los estábamos esperando, no podíamos irnos sin que hicieran su trabajo.

Ella lo saludó e hizo una cara de pocos amigos mientras avanzó hacia el Nissan a unos tres metros, y luego exclamó— fue una noche cansada para el segundo turno, acabó de dejar otra escena del crimen, y...

A Richard le pareció demasiada la impresión que miró en el rostro de Owen cuando pasó en medio de los agentes que acompañaban a Tom. Naturalmente, no era una reacción normal, debido a que, si bien, el cuerpo de la fémina lucía terrible, Lisa tenía más de seis años de experiencia y aquello no debería haberla puesto así, pero lo que enseguida expresó dejó atónitos a los dos inspectores.

—No puede ser, —manifestó en tono alto. —¿Qué pasa? —se escuchó de inmediato un coro tras de sí mientras al otro lado del vehículo algunos asistentes forenses ya hacían sus labores tratando de recabar pruebas alrededor.

—Sin lugar a dudas, la chica que asesinaron bajo el puente de dónde vengo presenta las mismas marcas y signos de tortura en su cuerpo... y veo que fue asesinada de la misma manera atroz y cruel.

—Me comentaron de un asesinato al lado oeste cuando llegué a la oficina, el inspector Mark es el que fue, pero jamás imaginé que... —comentó Richard sin terminar la frase.

—Todo indica que se trata de... un asesino serial —expresó Tom dubitativo.

—Es muy temprano para deducir ya lo veremos, —respondió Lisa, mientras daba la orden a todos los agentes e inspectores de policía que se alejaran y los dejaran trabajar-.

Richard y compañía guardaron distancia fuera del círculo de cintas amarillas mirando expectativos, mientras la forense y su equipo recababan las pruebas más evidentes que dieran alguna pista de los autores de tan inusual crimen, luego en el laboratorio revisarían a profundidad el vehículo.

Dentro del viejo auto se podía vislumbrar un cuerpo femenino desnudo maniatado de pies y cabeza con marcas extrañas en todo su cuerpo, como si hubiesen sido infringidas por una especie de brasas candentes y cortes de cuchillo. El cuello lo tenía completamente roto hacia atrás. El rostro, aunque inflamado, aun evidenciaba un horror indescriptible producto de las vejaciones y torturas provenientes del asesino. Pese a que presentaba huellas de tortura y desmembramientos, había algo inusual a primera vista: y era una barra de metal que la atravesaba analmente y le salía a unos centímetros por el lado de la boca. Era una escena escalofriante, algo poco común en la historia de la ciudad, y mucho menos para el inspector Richard y su colega.

—Tiene alguna idea jefe—indagó Tom Logan agente policiaco de 33 años que lucía ya más tranquilo luego de tan inesperada primera impresión. Richard no respondió con palabras solo meneó ligeramente la cabeza, sus pensamientos estaban puestos en marcha auto preguntándose y respondiéndose en su mente como resolver ese misterioso y difícil caso que aparentaba. Dos muertes de la misma forma indicaban que no era un simple asesinato producto de un robo, o un ajuste de cuentas por dinero, porque por experiencia, eso no se le suele hacer a las personas por motivos de esa índole. Aunque, también podría ser producto de una mente enferma, pero ese era el meollo del caso.

—Tenemos que resolver este caso, si no la presión caerá en nuestras cabezas, —comentó el inspector Tom de un de repente y otro agente que había del lado izquierdo tomando notas protocolares asentía. Luego Richard añadió.

—No por nada estamos en la ciudad más importante del mundo y en el sector por lo que implica la casa blanca y el presidente, y ya saben, si siguen sucediendo casos así, en unos días nuestras cabezas estarán en la televisión dando explicaciones de porque no podemos dar con el responsable. Solo espero que la doctora Owen nos de algunas pistas, aunque...

Cuando apenas se disponía a terminar la disertación, una llamada de su celular lo interrumpió de golpe, de inmediato contestó y una voz desconocida en susurro se escuchó repitiendo una frase: "sé quién es, es él... sé quién es, es él...". Antes de que pudiese replicar, el extraño colgó dejando estupefacto al detective.

—¿Qué sucede? no me digas que es Dilan el jefe— indagó su compañero, él negó con la cabeza.

— Entonces ¿por qué pones esa cara? No me digas que tu novia ya te regañó tan temprano.

—No no, no es nada de eso... No lo vas a creer —respondió al tiempo que pasaba saliva y hacía una pausa para dar un vistazo hacia donde estaban los forenses, luego respondió a secas mirando a Tom. — una llamada de una voz masculina que sabe quién fue.

—¡Qué! pero cómo sabe el número...—comentó Logan dando una mirada fugaz hacia la avenida de cientos de coches que seguramente se dirigían al trabajo. Como de alguna manera pensando que el asesino o quien fuese que haya llamado a su compañero estuviera ahí en medio del embotellamiento acechándolos. Aunque, a decir verdad, solo era una idea sin fundamento.

—No lo sé..., pero tenemos que llevar este teléfono al departamento informático, aunque es un número privado, Bobby el especialista en esto sabrá decirnos de donde provino al menos la llamada. Creo que tenemos que irnos, ya luego nos mandará el reporte la doctora si hay alguna novedad o pasamos por él.

Tom asintió y acto seguido avisaron al forense y dieron algunas órdenes a algunos de sus subordinados agentes para que siguieran en el área del crimen.

No había mucho que pensar, tenía que actuar de inmediato, porque más allá de deducir que aquellas muertes féminas podrían tratarse de un ajuste de cuentas por dinero o drogas, la manera como fueron ajusticiadas también podría apuntar a que podría ser producto de un psicópata en el sector sur de la ciudad donde se encontraban; la zona más importante por lo que conllevaba El Capitolio, La Casablanca y El Congreso. Y si eso se extendía habría mucha presión para el área de investigación del área de policía que representaba Richard en esa zona. Además, aquello no le convenía, porque en sus planes estaba la de luchar por un puesto en el senado del estado de Columbia en la cámara del congreso, y si el caso no se resolvía pronto podría afectarle en el escrutinio público.

Richard de 38 años era un ex militar condecorado que había pasado de misiones estratégicas en la milicia a pasar al cuerpo policiaco con apenas 27, y de ahí en la siguiente década se hizo un nombre en el rubro por su gran capacidad para resolver casos y mantener la ciudad en relativa seguridad. Este inusual crimen de las dos féminas, era algo que alertaba al cuerpo que representaba, debido a que únicamente se daba un asesinato cada tres días en toda la ciudad. Con una media de 180 anuales. Pero, la manera en que fueron ajusticiadas y la distancia tan próxima de tres kilómetros entre ambas daba mucho que pensar.

OFICINA CENTRAL DE inteligencia informática del cuerpo de Columbia Washington 13 de noviembre 11:24 AM

—Espero que me tengas buenas noticias— vociferó Martel que yacía recargado en el escritorio de recepción del área de inteligencia informática donde Bobby de 45 años era el responsable, y que ya estaba al otro lado esperándolos y les dijo que pasaran por donde había una puerta de vidrio templado, y acto seguido ambos compañeros lo siguieron a donde era su oficina a metros más al fondo. Antes de sentarse en su gran mesa oval dijo— me alegra que estén aquí, tenía rato que no venían, ¡vamos! Siéntense, tengo algunos datos interesantes sobre el teléfono que dejaron ayer.

Acto seguido Martel y Owen tomaron asientos un poco ansiosos de saber sobre el origen de aquella misteriosa llamada que posiblemente estaría relacionada con el fatídico crimen perpetrado la noche anterior.

—Algo poco inusual Richard —comentó Bobby mientras analizaba algunos datos en una serie de ordenadores frente a él, y luego profirió — la persona que llamó a tu número de acuerdo a los datos que se registraron en tu móvil, vienen exactamente del teléfono público #424 que se encuentra a 65 metros de la catedral nacional de Washington... mmm estamos hablando de unos quince minutos de aquí.

—Qué curioso ¿crees que podría ser el asesino? —preguntó Logan sin especificar a quién.

—No lo sé, es tu trabajo —respondió en tono bromista Bobby que solía llevarse con él.

—Fue cuidadoso porque ni siquiera fueron más de doce segundos, temía que lo localizaran. —Agregó el informático experto en ciberseguridad.

—Entonces no tenemos nada en concreto— expresó Richard en tono como era de esperarse.

—No no, tengo algo mejor, — contestó mientras señalaba una pantalla enorme a espaldas de los dos inspectores mientras estos giraban sus cuellos para ver lo que se mostraba en pantalla.

—¿Quién es? —preguntó Logan.

—El que hizo la llamada— respondió el ingeniero.

—¡Que! —exclamó Richard.

—Es muy típico en casos de este tipo que los involucrados utilicen teléfonos públicos, por lo que por obviedad accedí a las cámaras de la zona de donde provino la llamada, y únicamente había ese, el teléfono público #424... y por obvias razones ahí justo frente a la iglesia nacional de Washington había una cámara de vigilancia y..., lamentablemente como pueden ver en el video solo se muestra su espalda difusa, porque ese gran árbol frente a la cámara lo salvó de ser identificado completamente —sentenció.

—Al menos sabemos que es un tipo de mediana edad por su complexión— añadió Logan.

Richard lo miró y prosiguió —del...gado, piel blanca, no tenemos mucho, pero, peor es nada, —¡gracias! igual nos llevamos el informe, y el video lo mandas al correo —dijo mientras se paraba y tomaba el documento para dirigirse a la salida, Logan chocó puño con Bobby mientras le lanzó un comentario en broma y salió.

A pesar de que no eran grandes datos que ayudaran a identificar rápidamente al asesino, sabían que peor era nada, por lo que se dirigieron de inmediato al departamento forense donde la doctora Lisa les había llamado para darles la novedad y que empezaran a armar el caso.

Departamento de ciencias forenses de la policía Columbia Washington 12:00 pm

Sin nadie más que ella en medio de aquella enorme instalación donde se podían observar toda clase de aparatos y objetos científicos para el análisis y la experimentación, Lisa Owen los estaba esperando dejando ver su semblante ligeramente frustrado. Quizás, debido a la poca evidencia que arrojó el cadáver.

Lisa Owen era jefa del departamento de ciencias forenses del departamento policiaco de Columbia desde hacía seis años, pero apenas yacía a la cabeza hacia un año cuando cumplió treinta y tres. Richard caminó y la saludó de voz, Owen hizo lo mismo. Ella andaba con su característica cofia, lentes sobre su cabeza y un traje totalmente en blanco, el típico de los forenses.

—¿Que nos tienes doctora? —rompió el hielo Richard en un tono de voz algo indiferente, pero Lisa estaba acostumbrada a los tipejos como él que no eran de su agrado por el negro historial de tener fama de ajusticiarlos antes de detenerlos. Aunque fuera puramente un mito en torno a él sin comprobársele nada. Lisa nunca quiso tener amistad con Martel cuando se les presentó que iban a trabajar juntos años atrás y siempre se verían en las escenas del crimen. Pese a su negro historial, lo que más le disgustaba era su tono de voz y su porte rudo descuidado y tosco, aunque no le quedaba opción que cumplir con su deber. Si bien, quizás su principal apatía por parte de él se debía en primera instancia a que cuando se conocieron él quiso de alguna manera entablar amistad más allá de lo profesional, y ella le paró un alto en seco, y desde aquellos ayeres a lo mejor aguardó cierta animosidad, y por eso esos tratos fríos. No obstante, a ella eso le venía valiendo queso.

—La persona que lo llevó a cabo fue demasiado listo en no dejar ningún rastro, salvo uno. —manifestó la forense al tiempo que ambos detectives se miraron con recelo por un momento para escuchar el resto. Luego hizo una pausa y fue hacía unos lockers de archiveros que estaban al fondo, sacó uno y volvió de nuevo, inmediatamente leyó el informe algo adelantado que sorprendió a Richard.

—La chica se llamaba Karla Davison de 28 años de edad, madre soltera, trabajaba para el McDonald que se encuentra en la esquina Omega Street en el turno tarde noche. Así que, a deducción mía, en algún punto entre las calles Omega Street y Maret School donde hay un tramo solitario de al menos 300 metros debajo de un puente, fue atacada. Alguien la amordazó, la golpeó en la zona parietal... Ella caminaba ese tramo porque su casa quedaba a 600 metros del establecimiento y esa era la zona que caminaba de acuerdo a su DNI. Presentaba una contusión fuerte en el área parietal, pero que no supuso riesgo para su vida. Por deducción el autor la quería viva, así que se aseguró de dejarla inconsciente. Lo que hizo después fue terrible...— añadió haciendo una ligera pausa, pasó saliva y luego prosiguió —fue violada anal y vaginalmente, pero no terminó ahí, las dos chicas presentaban lo mismo, en la misma noche a ambas se les sustrajo a fuerzas con unas pinzas la mayoría de los dientes frontales, no teniendo con eso el enfermo o quien sea que haya hecho esto, le cortó los pezones, presentaba golpes y magulladuras en muslos, brazos y cuello...está de más presentarles el cadáver de nuevo. Una vez que fue violada; fue torturada con un objeto metálico a cientos de grados centígrados que luego les introdujo a centímetros de su vagina.

—No quiero escuchar todo —dijo Richard un poco desesperado, a él únicamente le importaba la evidencia, aunque eran protocolarios esos datos, según él no ayudaban mucho a dar con el susodicho. — date prisa Lisa tenemos que irnos — añadió algo enfadado.

—Son las reglas detective —respondió ella en tono mordaz.

—¡Vamos termina! —replicó él algo molesto en sus adentros. No le gustaba que le llevaran la contraria, pero no tenía jurisdicción en el área de ciencias forenses. Pese a ser respetado tenía que acatar las reglas.

—Luego de torturarlas, al parecer las estranguló y les quebró el cuello seguramente retorciéndoselos, al grado que las vértebras c7 del área del cuello estaban destrozadas. Luego a deducciones, por el exceso de líquido que se encontró en la cavidad vaginal el sujeto les introdujo una manguera de agua a presión, seguramente con el objetivo de eliminar cualquier rastro de fluido seminal que hubiese quedado. Ni siquiera le preocupó usar condón al degenerado. Luego limpió el cuerpo porque se encontró rastro etílico en diferentes zonas del cuerpo. Finalmente, no teniendo con las atrocidades; introdujo seguramente cuando yacían sin vida una barra de metal candente por el ano hasta encontrar la apertura por la boca, ambas mujeres sufrieron como nunca. No encontramos piel ni rastros de semen del autor, pero nunca un crimen es perfecto, porque afortunadamente encontramos un filamento de cabello castaño proveniente seguramente del asesino, —concluyó, dejando atónitos a ambos investigadores. De algo estaban seguros, que el tipo responsable era un hijo de puta y tenían que darle caza a como diera lugar.

—Bien bien —exclamó Richard apretando ligeramente el puño ya con ansias de tener a ese desgraciado y ganar puntos para su campaña que seguramente tendría lugar en algún punto del verano del próximo año. Seguramente por su fama en la ciudad en el rubro de seguridad; ganaría fácilmente.

—¡Y qué podemos hacer con un cabello! creo que no hay gran cosa— exclamó molesto solo para llevarle la contraria, sabía que era su trabajo encontrar pistas más reales, así que salieron del departamento de ciencias con la DNI de Karla, la empleada del McDonald porque de la otra ejecutada no había rastros ni información de familiares. Lo que no le dijo en ese momento la doctora es que en las próximas horas analizarían con algunos colegas químicos la procedencia y el rango de edad del filamento capilar, además de compararlos con el banco de ADN de convictos y ex convictos de todo el país por si alguno coincidía. Por lo que si tenían suerte podrían deducir el rango de edad, el sexo y algunos datos extras que ayudarían a confirmar si en dado caso hubiera sospechosos y poder comparar los ADN. Solo esperaba que el cuerpo de inspectores y detectives recabaran algo más.

Como era de esperar, la noticia se dispersó como pólvora en todo el distrito de Columbia, causando revuelo y pánico. El informe del jefe de seguridad pública local John Spencer en primera instancia mencionó ante la prensa: "que se trataba de ajustes de cuentas entre mafiosos", pero obviamente, aquello fue rápidamente cambiado por la presión de los familiares de Karla Davison apelando que aquello era totalmente falso y que todo se trataba de un maníaco psicópata que le privó la vida por que la miró indefensa cuando caminaba de su trabajo a su casa a unos 600 metros. Las demandas ante el consejo y controlaría no se hicieron esperar por parte de la familia Davison alegando que mancharon la reputación y el honor de su familia al imputarle cosas que no tenían nada que ver con su hija. Horas después en el noticiero nocturno de las 9 pm el jefe de seguridad de Columbia John Spencer era removido del cargo. Y la versión oficial que se manejaba era que las dos chicas Karla Davison de 28 años de edad madre soltera y cajera de McDonald en la avenida Omega Street y una fémina de nombre Ana de alrededor de 24 años en situación de calle fueron brutalmente asesinadas la noche del jueves 11 de noviembre por un desconocido, que hasta el momento no se tenían informes concretos del autor material, pero que se estaban trabajando a marchas forzadas en las investigaciones para dar con el presunto feminicida. Incluso, fue tal la euforia colectiva y pánico en las siguientes horas que el mismo presidente de los Estados Unidos, Bill Lamber dio algunas palabras para tranquilizar la psicosis colectiva condenando tan desalmado acto, y prometiendo que se castigaría a los responsables con todo el peso de la ley.

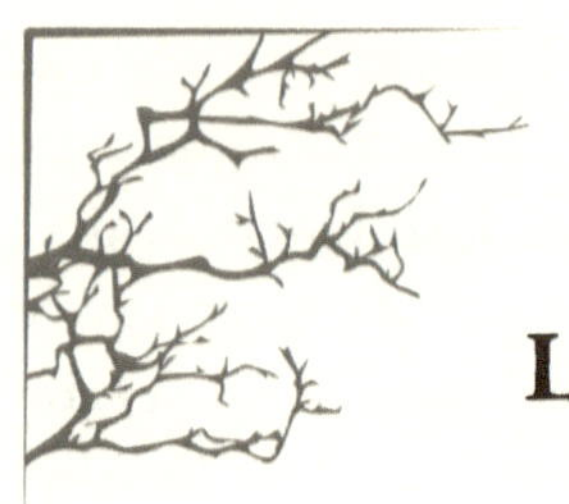

La búsqueda

11:04 am residencia de los Davison a 600 metros de donde fue posiblemente la desaparición de Karla Davison.

EN LA PEQUEÑA RESIDENCIA de los Davison imperaba un ambiente de melancolía y tristeza. Ya habían pasado del dolor y la desesperación a una resignación dolorosa. La madre de Karla yacía en medio de la sala abrazada junto a su esposo. Los detectives Richard Martel y Tom Logan apenas iniciaban el interrogatorio para saber todo sobre su hija, y que al menos les diera un indicio a donde dirigir la investigación. Por otro lado, a un par de kilómetros donde fue encontrada la otra chica que aparentaba vivir en situación de calle el inspector de homicidios Mark hacia una investigación bajo los puentes para recabar un poco más de información de la occisa y por qué fue brutalmente asesinada, y qué relación podría haber compartido con Karla Davison. Aunque lo más seguro es que no encontrara nada.

—Señora Belly, lamentamos mucho la pérdida de su hija. No queremos ser impertinentes, únicamente queremos hacer justicia para su hija. Por eso cualquier cosa que crea o piense que podría ayudar a resolver el crimen, no se guarde nada— señaló Richard al tiempo que cruzaba miradas con el padre de Karla. Ambos asintieron en aprobación y luego prosiguieron con el interrogatorio, pendientes en todo momento de anotar cualquier cosa que fuese importante...

—Cuéntenos un poco de su hija señora Belly.

—No sé cómo empezar detective —respondió con voz melancólica.

—Sabemos que era madre soltera, ¿sabe si estaba en alguna relación amorosa actualmente?

—No no, —respondió su padre enérgicamente, ambos detectives lo miraron asombrados por la inusitada reacción dando un matiz por momentos de rabia.

—No, mi hija desde que dejó a su ex un bastardo holgazán jamás volvió a tener una relación amorosa y eso que fue el único que tuvo ella. No era de andar con uno y otro como lo hacen la mayoría— declaró, hizo una ligera pausa un poco agitado y luego prosiguió— ella era una señorita de bien, no sé porque un maldito desgraciado le hizo eso a mi pequeña.

Richard miró a Tom algo asombrado por la escena enérgica que era de esperar del señor Peterson, que lucía en tono justiciero como los pastores que condenan a los pecadores. — lu...ego dejo a ese holgazán y se vino a vivir con nosotros...

—Puede darnos el nombre del ex esposo de su hija y dirección, —inquirió Logan al tiempo que apuntaba el mismo en un cuadernillo.

— Entonces Brandon Brown vive en la High Street al otro lado de la ciudad ¿cierto?

— Ambos menearon la cabeza, aunque a decir verdad era en el que menos sospechaba el Sr. Peterson debido a que Brandon pese a que era un holgazán no le creía capaz de hacer semejante salvajismo. Nunca se le conoció de violento ni celoso, de hecho, el motivo de la separación fue una infidelidad por parte de él, así que por obvias razones no sospechaban sus suegros de él. Igual la línea de investigación se abría para diferentes sospechosos.

— ¿Amigos que visitaba …?

— No detective, mi hija no salía a ningún lado era del trabajo a la casa y de la casa al trabajo. Solo pasaba con la niña y nada más, — susurró su madre cabizbaja, su marido la interrumpió y añadió —ella era tímida, no tenemos a nadie en mente de que quisiera hacerle daño a mi niña, se llevaba bien con todo mundo y jamás se metía en problemas. — Sentenció, luego le brillaron los ojos producto de los sentimientos, acto seguido Logan lanzó la siguiente cuestión y luego otra y otra:

— ¿Alguna deuda o enemigos que tenga la familia?

— No no, somos una familia religiosa nunca hemos tenido problemas con nadie ni deudas, así que nada de eso.

— Entiendo señor Peterson. Algún familiar cercano que haya tenido contacto con Karla las últimas horas o ...

— Toda nuestra familia vive en Austin Texas, no tenemos a nadie aquí —respondió la señora Belly.

En ese instante Richard sabía que con esos datos sería suficiente, luego en el avance de la investigación si en dado caso los necesitaran regresarían por más información. Por lo que de inmediato salieron rumbo al establecimiento del McDonald donde Karla Davison había laborado los últimos dos años para recabar información e ir dándole más contundencia al caso.

En algún lugar de Columbia Washington dentro del auto en movimiento.

—Oye Bobby.

—¿Que sucede Richard? encontraron algo.

—Aun no, pero quiero pedirte algo, puedes checar si hay alguna cámara en las calles Omega Street y Maret School seguramente dónde fue atacada Karla... Precisamente en esa zona es donde hay un enorme puente y un tramo que todos los días transitaba para ir a su trabajo.

—Por supuesto, en unas horas les hablo si encontré algo.

—Gracias amigo te debo una —comentó Martel al tiempo que giraba la esquina y llegaba al famoso establecimiento de comida rápida. Una hora después de haber entrevistado a la mayoría de las personas del turno tarde noche en el que trabajó Karla: salieron algo decepcionados. Pero no sin antes recorrer a pie el mismo trayecto que Karla había hecho dos días antes. Así que, aunque cansados tendrían la oportunidad de hacer el mismo recorrido que la chica de 28 años hizo antes de ser asesinada.

—Estamos atorados —renegó Logan mientras sacaba un cigarrillo y lo encendía visiblemente algo estresado. —No hay muchos indicios salvo ese pelo que nos lleve al culpable. Ojalá nos tenga algo Bobby.

—La chica salió a las 6:30... para donde estamos ahora ella debió llegar a las 6:40, son como unos 500 metros de aquí a aquella calle al fondo donde está su vecindario. Así que en esta zona solitaria bajo este puente fue seguramente donde fue atacada por alguien— comentó el detective mirando en torno a él donde convergían dos carreteras poco transitadas para esas horas aún, y mucho más para las horas tarde noche. Volteó hacia todos lados tratando de mirar cualquier indicio que le diera al menos algo para seguir la investigación.

— El tipo según es de mediana edad, lo más probable es que sea un loco violador —insinuó Logan a un costado de él.

—Estamos atorados, pero no encuentro otra explicación que no sea que el sujeto la atacó aquí entre esta sección como dijo la forense— farfulló Richard mientras caminó un buen tramo debajo del puente y llegaba a otra avenida donde concurría mucho tráfico, y donde sería improbable que a las 6:46 Pm que probablemente fue el tiempo que le llevó llegar del McDonald al cruce de la avenida hubiese sido atracada por un auto en movimiento. Una hipótesis que descartaron debido a que esa misma tarde fueron al mismo sitio para saber el tráfico y efectivamente, era demasiado para que ninguna persona se hubiese percatado de un secuestro.

2:13 Pm del tercer día en dirección al Domicilio de Brandon Brown ex esposo de Karla Davison.

—¡Maldición! Bobby no encontró cámaras de seguridad por la zona, o algún sospechoso que saliera de esa intersección de calles en cruz a donde estaba la última cámara donde pasaba ella y grabó todo ese día justo a la salida de la avenida...—manifestó Richard al tiempo que aceleraba por la High Street al este de la ciudad.

—Es más complicado de lo que pensé —refutó su compañero con la vista a un costado mientras encendía la radio, y como era de esperar la misma noticia de Karla Davison resonaba en la 98.3 am: "En otras noticias, según el departamento de policía, la chica fue asesinada la madrugada del 12 de noviembre, según el fiscal se manejan varias líneas de investigación..."

—Bájale a esa mierda ¡quieres! — replicó Richard con la mirada al frente, —líneas de investigación ¡bah! no ve que no podemos avanzar y ese nuevo fiscal hijo de puta siempre metiendo las narices.

Logan asintió y esbozó una sonrisa mientras encendía un cigarrillo y le cambiaba a la estación para dejarla en la 98 .4 donde sonaba la canción de Scorpion "Wind Of Change".

—Eso está mucho mejor— añadió el jefe mientras giraba en la 8th a la calle San Bernardino donde debería estar Brandon Brown ex de Karla Davison, pero justo cuando estaba haciendo eso una llamada de radio del agente subordinado Mark al otro lado de la ciudad lo dejaba estupefacto.

—Oye Richard no lo vas a creer, pero ...
—Dime ¿ahora qué pasa viejo? —respondió al tiempo que Logan bajaba el volumen de la música.
—Dos cadáveres de la misma forma que los de hace dos días fueron encontrados apenas hace unas horas... al parecer los dejaron en la madrugada, un indigente los encontró bajo el puente, luego la gente dio aviso a la policía, aquí estoy en la escena junto a la doctora Owen y compañía.
—¡Santo cielo! lo que faltaba —contestó el inspector en jefe mientras detenía el coche y se orillaba en la calle. Pensaba en algo, y en vez de llegar a la residencia del joven Brandon Brown como

era el plan dio la vuelta. Sabía que el asesino quien fuera no era ese desgraciado tipo, tendría que ser otro, y las investigaciones naturalmente tendrían que dirigirse a otro lado.

El hecho es que sin ninguna pista que los condujera al culpable, el caso estaba tornándose bastante difícil, llegando casi a un punto muerto, y más que nada por la presión de los altos mandos. Aunque, en parte era positivo que continuara asesinando, porque de ese modo tarde que temprano dejaría rastro evidente sino es que ya lo hubiera hecho. Lo más inquietante para Richard es que el asesino estuviese asesinando únicamente a mujeres jóvenes, por lo que debería ser sin lugar a dudas un maniaco enfermo sexual, pero quien fuera el culpable lo tendrían que detener las próximas horas porque de lo contrario por cómo era el fiscal de seguridad interior podrían volar sus cabezas. En ese punto, diferentes estaciones policiacas y de análisis forense llevaban a cabo análisis e investigaciones tratando a marchas forzadas de dar con el paradero del criminal que estaba provocando esta oleada de perturbadores y sádicos asesinatos.

Las noticias no se hicieron esperar y resonaron con mayor intensidad esa misma noche en el estado, incluso el caso de Karla Davison se enfrió para dar paso al siguiente macabro caso de dos jóvenes, una, Sophie de 17 años y Mónica de 23 ambas asesinadas con diferencia de dos kilómetros e igual maniatadas con un cable negro de luz de lámpara y torturadas brutalmente con la misma tónica de tormento que ambas primeras víctimas, donde se percibía igual una barra metálica atravesándoles analmente hasta llegar a la boca. En ningún caso dejaron autos esta vez. El asesino probablemente manejó hasta ambos sitios y dejó los cadáveres como retando a la justicia que dieran con él, sí es que podían.

No había nada, ni siquiera habían podido dar con el extraño sujeto que les había llamado el primer día de todo el caso. Pero, justamente esa noche en la residencia de Richard en su vecindario Annandale al oeste de la ciudad; un sobre amarillo con un mensaje breve dentro de su yarda lo puso en alarma. En el documento se podía leer la siguiente y perturbadora nota mecanografiada seguramente con la intención de no dejar ningún cabo suelto: "Señor Richard, disculpe por la llamada del otro día, probablemente piense que soy el asesino pero, no, solo quiero que sepa que no he podido dormir pensando que si digo lo que vi la otra madrugada podría correr peligro mi vida, en su momento lo diré sino es que dan antes con él, pero creo saber quién es el culpable de todas las muertes, ¡ojalá! lo atrapen antes de que yo confiese quién es, pero créame, es algo que en verdad no deseo hacer, porque no solo correré peligro yo sino toda mi familia estará expuesta". Con ese extraño mensaje Richard terminaba de leer a eso de las seis y media de la tarde al tiempo que echaba una mirada panorámica hacia afuera desde su cocina como pensando: "ese hijo de puta quiere engañarme, no le creo nada, pero ¿cómo mierdas supo que vivo aquí?". Inmediatamente después de eso fue a la planta de arriba donde estaba su sistema de grabación ftp 24/7 de su cámara de seguridad que tenía justo en la puerta de adentro y que daba exactamente a la puerta de la calle del patio donde quien fuera que hubiese dejado la carta aparecería en las tomas.

Después de unos minutos de análisis por cuadro se dio cuenta que la persona que llevó el paquete fuera de la entrada a su propiedad era un niño de los Marshall vecinos del lugar, y eso claramente le dijo una cosa; que el sospechoso usó al niño para evitar ser captado, porque claramente por la avenida principal del vecindario no había cámaras. Pero por las dudas, solicitó una orden para verificar casa por casa del vecindario las cámaras de seguridad, aunque desafortunadamente con resultados negativos-.

7:45 AM CUARTO DÍA de investigaciones

—Le dirás al jefe sobre el mensaje —exclamó Logan.

—No, esperaré. Puede ser una coartada del asesino, aunque... juró que no fue él, pero.

—Esos psicópatas son listos, podría estar jugando con nosotros, yo no confiaría en él, pero lo que me pregunto es, ¿por qué tú? Hay varios inspectores de otras corporaciones igual investigando el caso.

—No lo sé —había susurrado Richard mientras pasaba café caliente y degustaba una dona de chocolate. —de acuerdo a la doctora el sujeto del cabello encontrado sobre el cuerpo tiene cabello cano en la base, y el castaño es teñido, por lo que según sus deducciones debe rondar los cuarenta y cinco y cincuenta años.

—Eso dice el reporte— murmuró Logan al tiempo que se levantaba de la silla e iba por otro café. Segundos después dos mujeres entraron al pequeño bar que lucía totalmente vacío a eso de las 7 am, y se sentaron atrás de Logan y Richard, pidieron un café y comenzaron a charlar. Al principio de banalidades, pero luego la charla se desvió y mencionaron algo que hizo que ambos detectives se miraran entre sí con recelo...

—"Te decía Kira, la pobre chica la de las noticias... no recuerdo el nombre esa que le atravesaron una barra por el culo, trabajaba frente al bar donde trabajo, y ¿sabes que? — preguntó la obesa mujer mientras la otra de escultural cuerpo sonreía a la mesera que se disponía a dejarle su pedido. Luego prosiguió, — no dime.

—Que ese día me la encontré exactamente al final del puente ese del Omega Street, porque yo entro a las siete y eran como las 6:40 pm y ella iba con su uniforme, y justamente antes de cruzar la esquina de la calle para pasar la sección del puente donde ese carro negro de las noticias ¡no lo creerás! pasó cerca de mí, iba empezando a oscurecer, pero no recuerdo el tipo que venía dentro, creo que traía una gorra negra y lentes...

—¡Santo cielo! no me digas— dijo su amiga algo horrorizada. Aquella escena particularmente era especial debido a que los autores responsables de la investigación estaban ahí por azares del destino, aunque el detective Richard no quiso incomodar a las dos comensales al momento. Al termino de desayunar tuvo que presentarse ante ambas mujeres, que no tuvieron remedio que acompañarlos hacer su declaración formal ante el departamento de homicidios.

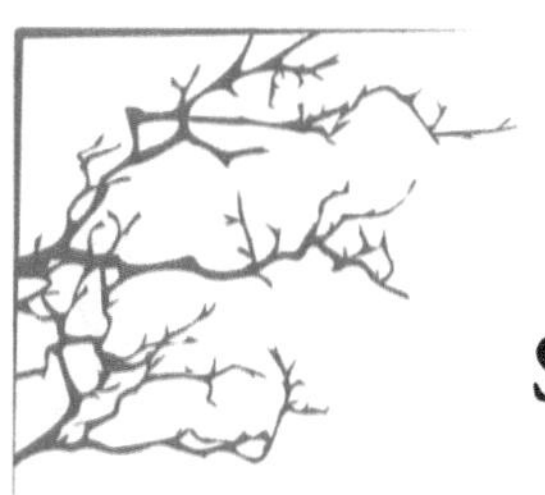

Sospechoso

Días después

PESE A QUE EL DEPARTAMENTO de investigadores entre ellos Richard de las diferentes estaciones de policía de Columbia habían armado el caso y tenían algunos elementos a considerar, la investigación no apuntaba a un claro sospechoso o más bien a ninguno hasta aquel momento. Richard no había dicho nada a sus colegas salvo a Logan de aquel extraño mensaje que le fue dejado afuera de su domicilio, que si bien, el remitente juraba no ser partícipe de los homicidios tampoco era de confianza para Martel.

Afortunadamente en las siguientes dos semanas no hubo homicidios con las mismas características en toda la ciudad, pero igual las investigaciones, aunque estaban en un punto muerto tendrían que seguir.

Es por eso que aquella tarde del 28 de noviembre, semanas después de encontrarse la primera víctima, fueron a la penitenciaría estatal de Washington al oeste de la ciudad para entrevistar a algunos sospechosos de homicidio que habían sido detenidos las últimas dos semanas. De todos encontraron a dos sospechosos; uno Ramon Rodríguez que mató a una mujer y la violó, y el otro Daniel Robert que asaltó a una joven universitaria al sur de la ciudad. Sin embargo, tras una larga entrevista con ellos de más de una hora no les dio indicios de sospechas que tuvieran que ver con ellos, pero igual para descartar se les hicieron pruebas de ADN de fibras capilares e igual dieron negativos, por lo que fueron absueltos en el caso de los feminicidios de Karla Davison y demás víctimas.

Una semana después - viernes 8 de la noche - Residencia Richard Martel

HABÍAN PASADO MUCHAS cosas y el caso se había enfriado en la ciudad, por lo que quedó en archivos. Los detectives tenían otros casos importantes que resolver.

Pero esa tarde noche cuando el detective llegó a su casa alguien lo esperaba. Entró un poco cansado de la rutina. Jiró el picaporte y al momento de cerrar tras de sí; un arma se posó sobre su nuca y el extraño dijo mordazmente.

—Probablemente piense que soy un ladrón, pero ¡descuide! no voy a hacerle daño, solo quiero que se siente en el sillón de enfrente, no voltee a verme. — Richard dio unos pasos a su sala que estaba frente a él, enseguida se sentó y exclamó:

—¡Vamos hombre! llévate lo que quieras o ¿dime cuánto quieres? quizás necesites dinero, pero no tienes que hacer esto, te lo daré con gusto.

—No quiero dinero... no soy ningún ladrón. Estoy aquí para...

En ese momento Richard hizo cabeza mientras escuchaba sin prestar atención las últimas frases que decía el hombre, era él. Haciendo memoria recordó el mismo timbre de voz de aquel tipo que le había hablado por teléfono aquel 12 de noviembre cuando fue encontrada aquella primera mujer asesinada.

—Creo que por su reacción señor Richard ya se dio cuenta— susurró el extraño.

—Es usted, dígame ¿qué quiere? ¿Por qué está aquí? —preguntó el detective intentando hacerlo razonar y que le permitiera voltearle. El sujeto dijo — no, no voltee, no aún. Richard dejó de intentarlo, y puso nuevamente su cabeza al frente.

—Estoy aquí para contarle lo que sé, por lo que veo ya pasaron más de quince días, y no vi por las noticias que hayan agarrado a ese tipo, que dudo lo hagan sino...

—¿Por qué lo dice? —inquirió Martel.

—Porque es improbable que por una acusación de un simple ciudadano como yo lo detengan.

—Dígame ¿qué sabe sobre el asesino?

—Señor Richard, sé que es usted un detective de la policía, y créame, con algo de investigación di con su número en la sección amarilla, fue algo complicado, pero estuve toda aquella noche luego de haber visto aquella escena... no lo va a creer, pero...

—Hable.

—Prométame que no levantará cargos contra mí y que mantendrá oculta mi identidad— dijo el sujeto mientras empuñaba temblorosamente la pistola ligeramente apuntada hacia Richard.

—Se lo prometo —dijo el inspector sin pensarlo.

—Prométalo de verdad no estoy bromeando, se de antemano que muchas veces el mismo testigo de un crimen es acusado y sentenciado y no quiero que pasee eso conmigo.

— Si es inocente se lo juro. Pero a todo esto, ¿cuál es su nombre?...

—No importa mi nombre, señor Richard. Deme su palabra.

—Está bien le doy mi palabra, no sabrá nadie de usted, si es verdad todo esto, se manejará como un testigo protegido nadie lo sabrá solo diré que alguien me informó y es todo.

—Bien, eso está mucho mejor— farfulló el extraño mientras tomaba una silla que estaba aún lado de él y se sentaba, eso sí, siempre empuñando el arma. —Aquella madrugada 12 de noviembre me encontraba en mi turno de guardia cuidando apenas una zona de casas que han estado las obras detenidas, pero por obvias razones se cuidan de los vándalos e invasores... la zona está por las afueras de la ciudad, el caso es que...

Se detuvo por un momento, quizás el sujeto temía decir aquello que iba a confesar, una acusación del calibre que estaba a punto de confesar, para ese hombre podrían significar muchas cosas. Una inculpación así podría mandarlo a prisión y en el peor de los casos terminar con su vida. Luego por la forma en que pasó su mano sobre su cabeza, seguramente hizo un extra de valor para continuar.

— Alrededor de aquella zona no hay nada salvo unas bodegas abandonadas y a... medio kilómetro es cuando comienzan las calles alumbradas, así que se me hizo bastante anormal que un carro negro justamente un Sedán viejo llegara a eso de la 1 a.m. aquella noche. Iba a una velocidad normal por la única carretera de terracería que pasa frente a la zona de construcción. Por experiencia de haber estado trabajando el turno de noche por más de ocho meses en esa parte, no hay nadie en esas bodegas vandalizadas, ni siquiera los vándalos viven ahí, solo de vez en cuando en el día la usan para drogarse, pero de noche nadie. Así que se me hizo bastante raro que un Sedán se aparcara por la parte de atrás de las bodegas... miré unos destellos de luz, pero luego se apagaron. No sé realmente, pensé en primera instancia que eran jóvenes; ya sabe, sexo, drogas, porque iba una joven y un sujeto de gorra. Desde mi distancia a unos 300 metros se podía vislumbrar algo no mucho, pero por el faro de la zona que cuido alumbraba algo hasta allá, luego ese sujeto se dio cuenta de mi presencia y se subió al auto y manejó hasta atrás de la otra bodega que era la última más escondida pegado aun bosquecillo de matorrales. En ese momento dije; "irán a tener sexo por eso no quieren extraños". Seguramente iba armado para no tener miedo de moros en la costa porque si hubiera sido yo jamás hubiera estado en un lugar tan peligroso, hay pandillas ya sabe, siempre andar en lugares solitarios es un peligro y con una chica mucho más... para ese momento dije; bueno, que suerte, tendrá sexo esta noche... pero pronto algo me puso los pelos de punta, justamente cuando iba a volver a hacer mi rondín en toda el área de esas casas privadas sin terminar que son como cuarenta, escuché algo que me hizo cambiar de idea; un grito, y no era de placer como se esperaría. Un grito que se escuchó espeluznantemente debido al nulo ruido de la ciudad, únicamente la noche y los árboles en derredor. Así que me dije: "¡Dios! escuche bien, ese fue un ruido de; ¡bah! ha de ser mi subconsciente que relaciono el sexo con gritos", pero no señor Richard. El segundo fue claro ¡ayuda!, en ese momento no estaba cien por ciento seguro si llamar a la policía o ir a investigar por mi cuenta. Por lo que como nunca suele haber vándalos de noche porque saben que hay seguridad, ya no mandan dos y únicamente estaba yo de turno. Me dispuse a dejar solo el área y me fui por la parte de atrás que va directamente a esas bodegas abandonadas que son exactamente cuatro, separadas cada una de si unos cuarenta metros a lo mucho, e impregnadas de hierba silvestre. Así que, agarré mi linterna y mi macana y fui cuidadosamente hacia la zona que había ido el auto que justamente no pensaba que fuera muy lejos debido a que no había camino más allá por la razón de que esta el inicio de la reserva. Por tanto, pensé que fuera lo que estaba pasando no era algo bueno, aunque a medio camino pensé que quizás se trataba de una simple pelea conyugal o algo así, pero luego..., cuando giré en la bifurcación del angosto caminillo de terracería que conducía a la última bodega, estaba el auto abandonado sobre en medio de unos arbustos, y como era de esperar, pensé que se habían metido a la bodega, por lo que me acerqué más al carro y me situé justamente tras unos arbustos esperando que salieran de nuevo y saber que había pasado. Cuando pasaron unos veinte minutos pensé que estaban seguramente teniendo sexo, por lo que pensé en irme. Pero, en ese momento apareció el sujeto saliendo de una esquina de la fúnebre bodega, y se dirigió a su auto, abrió la cajuela y sacó una caja Truper de herramientas. La luna estaba llena ese día por lo que estaba muy iluminado y se podía fácilmente distinguir un rostro. Y no va a imaginar quien era el de ese auto Sedan negro— sentenció, al tiempo que volvió hacer una nueva pausa. Esta vez Richard le interrumpió.

—Vamos dígame ¿quién es...?

—Luego cerró la cajuela y justamente en ese momento se le cayeron las llaves, se dispuso a recogerlo y cuando lo hizo, la gorra negra se le cayó al frente. Cuando se incorporó nuevamente a la luz de la luna pude presenciar su rostro... y... y era él... el señor presidente de los Estados Unidos el señor Bill Sander..., si es él, el asesino...de esas mujeres —sentenció con un ligero quiebre de voz producto de la emoción que significaba decir aquello para aquel hombre. En ese justo momento Richard pese a la orden del sujeto volteó completamente estupefacto, lo miró a los ojos guardó un silencio eterno y exclamó.

— No, no puede ser señor, es una broma ¿verdad?

—Llámame Artur —dijo el extraño de cabello calvo y negro que aparentemente por su voz varonil no hacia juego con el porte del extraño, aunque, obviamente era el mismo. Si a simple vista lo analizabas, el tipo era de unos 48 años de aspecto delgado y poco amenazador. Aunque, bien sabía Richard que en la vida real las apariencias engañan y nunca debes llevarte por el aspecto de alguien.

— Me dio su palabra señor Richard, únicamente me estaba matando este secreto no podía dormir. Y sé que allané su morada, pero..., era la única manera de poderle decir esto a salvo, y perdóneme por haber entrado a su domicilio y haberle apuntado...

— Descuide señor Artur— contestó el detective bastante consternado y a la vez incrédulo de aquello que estaba acusando el extraño al hombre más poderoso del mundo, y del que ni en el más loco de sus sueños creería. Y obviamente, no iba a creer, porque intuía fielmente que se trataba de una coartada de ese tipo que tenía frente a él, y que aún sostenía una nueve milímetros.

—Puedo ver en su rostro señor Richard que no me cree. Piensa que es una mentira para salirme con la mía, no no señor..., ¿usted cree que me hubiera arriesgado a venir por nada, sabiendo que podría recibir un tiro de usted? Nooo, no soy tonto. Pero allá afuera ese tipo Bill Sander es un psicópata y si no lo detienen seguirá asesinando. En su momento, hasta yo mismo creí que todo se trataba de un error, una pareidolia mental mía, pero no, cuando ese tipo se dirigió de nuevo al interior de aquella bodega; lo esperé varias horas agazapado ahí debajo de los arbustos.... jamás imaginé que le haría daño, pensé que quería tener sexo con una joven y ya, pero horas después, salió solo en pie de la parte trasera y un bulto arrastrando y ¡vaya! que resultó ser la señorita sino mal recuerdo Karla Davison. Era un cuerpo humano. Batalló unos minutos por el peso con una total tranquilidad en ponerlo en la parte delantera, luego seguramente le quitó la bolsa ya dentro, se sentía seguro de manejar así. Unas dos horas de la reserva que le comento hasta aquel centro comercial donde lo dejó aquella noche. Desconozco la otra víctima de esa misma madrugada, pero seguramente lo hizo esa noche. Lo que le cuento es verdad, era el mismo auto negro Sedan, no miento, — manifestó un poco más desahogado mientras el silencio se hizo presente, y ni Richard que para ese momento se había dado la vuelta y estaba sentado en el sillón de la contraparte podía creerlo. Es que en sus adentros era imposible que el presidente hiciera eso, ya que el servicio secreto se lo impediría y no había forma teóricamente según él de salir de la casa blanca sin ser custodiado.

—Su historia parece creíble— comentó de un de repente. En su rostro se miraba más condescendiente con el señor Artur que ya para ese instante había aguardado el arma bajo su chaqueta. Richard en ese momento podía fácilmente arrestarlo, ya que bastaba solo con sacar su arma y acusarlo de todo, pero no lo hizo. Se acercó, lo miró de cerca y le dijo— su relato es perturbador señor Artur, pero tenga mi palabra que no sabrán de usted. Solo quiero que haga una cosa.

— ¿Qué? —respondió asombrado el sujeto.

—Que me acompañe al lugar de los hechos que me cuenta.

Artur dudó por un segundo y luego asintió, de alguna manera aquello le daría más credibilidad, aunque podría ser también peligroso incluso para Richard en dado caso de que se tratara de una coartada de Artur y en realidad fuera el verdadero asesino. Pero Richard pensó que si lo hubiese querido asesinar ahí mismo lo hubiera hecho ya. Así que se dirigieron esa misma tarde noche al lugar donde habían pasado los hechos de aquella víctima.

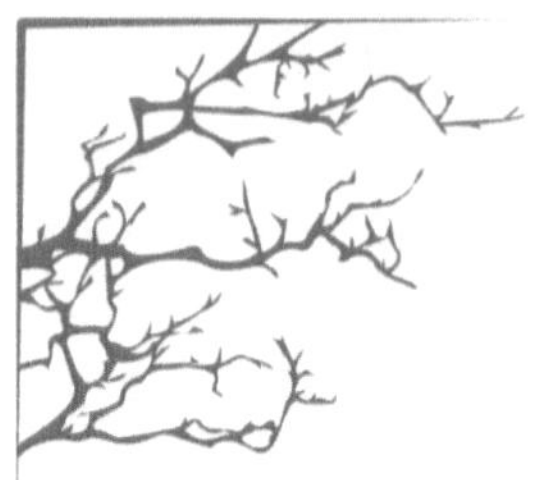

Algo pasó

EL PRESIDENTE DE LOS Estados Unidos el señor Bill Sander había llegado a la presidencia apenas hacía un año con la mayoría de los votos a su favor aplastando a su rival fácilmente. Incluso, gracias a él su partido ganó la mayoría en el senado y la cámara de diputados. Era tal su carisma y resultados que se hablaba que podría ser uno de los mejores presidentes de los Estados Unidos, incluso más que Ronald Reagan y más que Kennedy en carisma. El presidente tenía cincuenta y cinco años de edad cuando tomó el mando del país más poderoso del mundo. Su intención era reelegirse, por tal motivo, estaba haciendo su papel lo mejor posible ante su pueblo y ante el mundo. Es por eso que evitó a toda costa inmiscuirse en guerras y todo lo resolvía por vía diplomática.

Para Richard creer en aquella confesión de aquel extraño le parecía demasiado bizarro. Es que la personalidad tranquila y altruista de Bill era de otro nivel. Jamás en sus más locas pesadillas se lo imaginaría asesinando a mujeres, y peor aún de noche. Su esposa Melani Lamber de cuarenta y cinco era una mujer bastante hermosa y jovial y con ella hacia la pareja perfecta para complacerlo en todo sentido. Por lo que le costaba creer la historia de un presidente violador.

AQUELLA MISMA NOCHE el extraño y Richard fueron al lugar. Y efectivamente, había lo que dijo. Llegando al sitio por una carretera de terracería, se podía vislumbrar a la distancia otra pequeña carretera de terracería que conducía más al fondo, a un costado un último poste de luz que alumbraba la pequeña construcción de casas sin terminar donde Artur de acuerdo a su confesión fungía como "guardia". Era bastante sombrío el lugar y lleno de vegetación silvestre a los costados. Justamente ahí empezaba la reserva natural de todo Columbia del oeste. Al fondo, se podían vislumbrar cuatro pequeñas bodegas con cuatro o cinco pisos cada uno. Ambos hombres se dirigieron hacia allá con lámpara apagadas en manos, y justamente en la cuarta la más alejada de las otras, en el tercer piso encontraron salpicaduras secas de sangre por doquier justo en la esquina de una de las bodegas donde se había cubierto con hojarascas y papeles de basura.

Sin lugar a dudas el hombre no había mentido. Ahora, era solamente confirmar aquello, aunque tenía un plan y no llamaría a los forenses.

—Oye Arthur quiero que me ayudes en algo —dijo Richard mientras miraba en penumbras al extraño que miraba vacilante a través de las ventanas hacia abajo.

—No quiero inmiscuirme más en esto detective, solo quiero irme, ya le dije todo.

—Descuide, solo quiero preguntarle, ¿seguirá trabajando en esa zona?

—Creo ya no, no es conveniente, seguramente sospecharán, pero me iré a Wisconsin. Y ya sabe, no quiero que sepa nadie, por si acaso quien fue el soplón— refutó.

—De mí no saldrá nada no se preocupe. Y bien, si ya no trabajará por todo esto, no sé cómo pagarle, si gusta acompañarme a la casa le daré algo.

—No, no quiero dinero, es suficiente con que haga justicia si es que puede.

El detective asintió, sabía que, si era verdad, sería el caso más perturbador por lo que representaba en las cúpulas de poder, pero igual tendría que llevarlo a cabo no podía echarse para atrás, la justicia era justicia. Se despidió del sujeto extraño, que si bien no confiaba del todo le dio el voto de la duda por si acaso. Lo dejó en la avenida Maremont al norte de la ciudad, y luego desapareció por la avenida entre decenas de transeúntes. Para Richard existía aún la duda de que, si aquel hombre que quizás no volvería a ver sabía más o era el culpable, aunque su historia tenía pruebas, también podría tratarse de un juego, pero igual tenía un plan.

Oficialmente las investigaciones habían quedado en punto muerto, pero él seguiría extraoficialmente con su amigo Logan tratando de cazar al culpable infraganti. Una vez que le contó a su compañero Logan, este quedó anonadado e igual incrédulo al principio se rehusó, pero paulatinamente fue creyendo cuando miró algunas fotos del lugar donde se había torturado a la chica. Y lo que se podía observar a otra más por el exceso de salpicadura de sangre en la esquina cerca de la ventana trasera del segundo piso. También había astilladuras de hueso y claramente eran humanas.

CASA DE RICHARD MARTEL en la madrugada horas después

—Santo cielo, no puedo creer todo esto —masculló Logan mientras pasaba un sorbo de agua en la residencia de Richard Martel y charlaban del asunto. —Oye hermano estás seguro que no se trata de un engaño de...

—Ya vistes las fotos, fui con el sujeto. Si hubiera querido me hubiese matado, pero no lo hizo y confió. Ya te conté todo, así que haremos conforme al plan. Sé que es arriesgado, pero no hay otra. No me importa que sea el hombre más poderoso del mundo, pero si anda haciendo eso pagará.

Logan lo miró dubitativo como no creyendo lo que estaba escuchando.

—Esto no me cuadra, por más que vea esas fotos que tomaste, no creo que el presidente salga de la casa blanca, así como así... el servicio secreto lo impediría —refutó.

—Eso mismo pensé— respondió Martel mientras daba un sorbo de café y miraba con recelo hacia la ventana de la parte trasera de la casa.

—Pero el presidente Bill haciendo eso.... no no no, me cuesta asimilarlo amigo.

—Eso sí, nunca sabe uno con que se hallará en estos casos. Pero, por si acaso ojalá vuelva a repetir el lugar, porque sin pruebas no podremos acusarlo y mucho menos demostrarlo. Los peces gordos nos aniquilarían antes de intentarlo. Sabemos que los psicópatas cuando creen tener un lugar seguro para hacer sus fechorías lo vuelven a repetir, así que esperaremos por la entrada hacia aquella zona esta noche. Ojalá se presente infraganti y podamos detenerlo.

— Si es cierto todo esto, estoy seguro que lo volverá hacer. Se les vuelve un vicio— farfulló Logan. Estaba nervioso porque sabía que podría ser algo peligroso, porque acusar al presidente aun en infraganti y detenerlo podrían fácilmente ser acusados de secuestro, acusarlos como autores y mandarlos a prisión, y con el peligro de ser acusados por las muertes de todas las mujeres y ser sentenciados a muerte. Además, sería la palabra de dos detectives contra la palabra del hombre más poderoso del mundo.

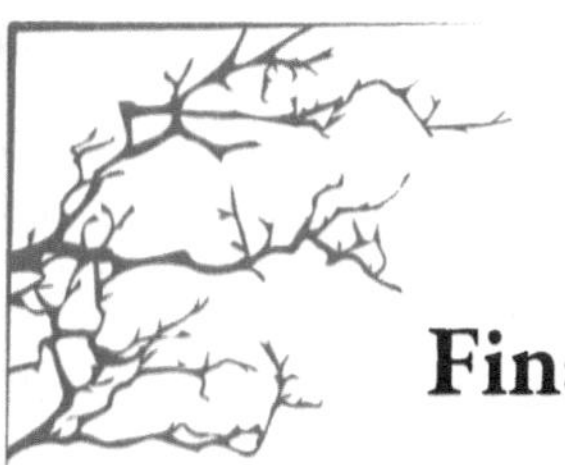

Final inesperado

LUEGO DE AQUELLOS INCIDENTES Richard y Logan estuvieron por alrededor de una semana esperando a que el asesino quien fuera, se presentara con alguna víctima en aquel sitio desolado. En los primeros días que fueron no hubo resultados. Pero los asesinatos justo en ese lapso de tiempo continuaron al menos con una mujer más. Una chica de 27 años que salió a correr cerca del boulevard Frederick a unos kilómetros de donde se encontró aquella primera víctima fue encontrada igual con la misma tónica de tortura. Indudablemente, el que lo hizo era el mismo. La misma típica barra por el ano y salida por la boca. Por lo que dedujeron que en esos días el sujeto debió haber tenido otro sitio donde torturar, pero fiel a lo que tenían y conocían, tenían que jugársela hasta que el tipo se dispusiera a ir hacia ellos.

Y pasó lo impensable. El 7 de diciembre ya entrada la noche.

A la una en punto de la noche, un carro negro Chevrolet Caprice de 1987 comenzó a entrar a velocidad normal por aquel camino de terracería que justamente llevaba hacia aquellas bodegas y a la zona del fraccionamiento que estaban detenidas las obras. Aquella zona estaba alejada bastante de los suburbios por lo que era bastante solitario y donde la maleza crecía sin control. La compañía Luvion constructions la que comenzó aquel fraccionamiento y lo dejó abandonado tenía más de un año con los trabajos parados, y pareciese que seguirían otros más por problemas legales de tierras. La reserva federal a metros de comenzar lo dividían unos 100 metros de matorrales y vegetación silvestre. Los policías Logan y Richard esperaban en el auto entre follaje al otro lado de la carretera. Justo en la federal frente a la carretera de terracería secundaria que llevaba a aquella zona. Harían distancia para que el sujeto que fuera hacia allá no tuviera escapatoria y pudieran detenerlo infraganti, y si era posible con evidencia fílmica. Fueron varios minutos con las luces apagadas hasta que el Chevrolet se perdió más adelante. Luego de eso, comenzaron a adentrarse también al camino de terracería. No fueron más de cinco minutos entre la carretera bastante maltrecha hasta que se detuvieron exactamente en la zona donde debería haber un guardia. Pero al parecer la compañía había dejado de velar aquella zona, ya que no había rastro de ningún guardia. Para no llamar la atención dejaron el auto ahí, y cuidadosamente se fueron por la zona de atrás del fraccionamiento para salir por la parte trasera de los edificios donde seguirían rectamente hasta llegar al número cuatro que seguramente es donde estaba el auto Chevrolet. Y efectivamente así fue, el Chevrolet se encontraba estacionado exactamente como le había contado el extraño. Se aproximaron lo más posible siendo cautos para no ser vistos desde alguno de los ventanales del segundo o tercer piso. Se acercaron entre la maleza lo más posible a no más de tres metros. Se dieron cuenta que no había nadie en el auto. Ya estaban adentro quien fuera que acompañara a aquel sujeto o sujetos.

— Que nervios —susurró Logan dubitativo, en su rostro se evidenciaba su miedo ante lo que podrían encontrar ahí adentro.

— No sé si sea cierta la historia de ese hombre que me contó todo, pero tenemos que entrar — dijo Richard reiterándole que no le dirían a nadie sobre el encuentro de aquel extraño. — Ya lo sabes Tom, si lo agarramos diremos que un sujeto nos llamó por teléfono y nos indicó el lugar, y ya sabes el resto.

Logan asintió un poco nervioso mientras sacaba su pistola nueve milímetros, Richard hizo lo mismo, y con pasos firmes comenzaron acercarse al pequeño edificio bodega. A simple vista solo había una entrada por el frente y seguramente otra atrás. Pero de inmediato se dieron cuenta que las puertas metálicas del frente estaban completamente selladas con soldadura vieja, por lo que se fueron por la parte trasera. Todo estaba oscuro al inicio del primer piso. No había ruidos en la primera planta, todo estaba en calma. Pero los que entraron deberían estar en los pisos superiores. Igual poco a poco comenzaron a asomarse y a dar los primeros pasos dentro. No había nada en la primera planta, únicamente restos de basura. No quisieron iluminar con sus lámparas el lugar, por si acaso había más y alertarlos, pero se respiraba cierta incertidumbre y miedo en el ambiente. No sabían si el asesino estaba armado, pero claramente era peligroso, y lo más probable es que si lo estuviera, por lo que tenían que tener cuidado.

Llegaron hasta la mitad del inmueble justamente donde iniciaban las escaleras metálicas que dirigían a la segunda planta. En ese momento, un ruido los alertó. Era como que alguien estaba martillando algo en el segundo nivel. Logan algo alarmado susurró en ese instante;

— ¿Crees que esta...? — Richard no dijo nada y comenzó despacio a subir las escaleras que a lo mucho se miraba desde la parte de abajo como unos veinte escalones de cemento con bordes metálicos. Tragó saliva y comenzó a avanzar cuidadosamente tratando de hacer el mínimo ruido. Sabía que quien fuera que estuviera arriba no tenía escapatoria, era morir ahí o ser detenido. No dudaría en disparar si en dado caso fueran atacados. La intención era hacer justicia como las leyes mandaban. Si hubiera sido cualquier otro criminal lo ajusticiaría ahí. Pero este caso era muy mediático y tenían que arrestar a quien fuera para dejar psicológicamente un mensaje de seguridad a la ciudad.

Justo cuando estaba a punto de pasar la mitad de las escaleras el martillar cesó. El corazón de ambos se aceleró de golpe, ya de por sí por la situación que significaba. Sabían que alguien se movía arriba. Luego sonó una barra metálica y algunas herramientas, pero no había algún sonido humano que indicara que había más personas con el sujeto. Aunque Richard para ese momento temía lo peor, que hubiesen llegado tarde, y que la víctima estuviese muerta. Así que, con un valor extra comenzó a subir el siguiente escalón. Y cuando un minuto después lo consiguiera, casi al fondo lo miró. Un sujeto con gorra negra completamente de espaldas se encontraba a media oscuridad haciendo una maniobra, justo sobre un cadáver femenino que podía vislumbrarse debido a la luz de la luna que pegaba de frente hacia el ventanal iluminando la escena escabrosamente. El sujeto de gorra negra se dio cuenta de los visitantes por las sombras alargadas reflejadas en el suelo producto de la luz del satélite. No se volteó de golpe, pero se quedó paralizado por un segundo. En ese momento Richard vociferó con autoridad:

—Policía de Washington no se mueva, ponga las manos donde pueda verlas— vociferó Richard en tono firme mientras le apuntaba a la cabeza al sujeto que vestía completamente de negro. Logan entre la penumbra miró alrededor del recinto por si acaso había más entre las esquinas, y cuando se cercioró que no había nadie más, dijo pasivamente segundos después:

— Vamos manos arriba.

Pero el sujeto hizo caso omiso, pero tampoco trató de escapar. Claramente, sabía que estaba en problemas. Luego de quedarse inmóvil por unos segundos dijo disimulando una voz ronca:

—Vamos agentes, no hagan esto más difícil, ¿cuánto dinero quieren?

De inmediato Richard dijo. —tendré que disparar si no se identifica y no sube las manos... de la vuelta con las manos arriba.

Pero justamente en ese momento que escuchó aquella orden subió las manos, se quitó la gorra y dijo para sí en tono bajo, pero con aire jactancioso: — soy el presidente de los Estados Unidos, el señor Bill Sander, y los miró a los ojos con un semblante que no se parecía en nada a aquel noble mandatario casi de tercera edad que en los discursos proyectaba serenidad y empatía hacia todos. Los miró por unos segundos y sonrió como un maldito psicópata, mientras sangre fresca goteaba de sus manos al piso y daban más pavor a la escena. A sus espaldas yacía el cuerpo femenino sin ropa de una fémina de no más de treinta años totalmente violentada y torturada, y justamente la escena mostraba el preludio cuando se disponía a introducirle la barra de metal por el ano ya que la chica estaba en posición sexual de Doggy Style.

Richard quedó estupefacto al verlo de frente. No podía creerlo. Parecía un sueño. El jefe del ejecutivo haciendo aquello era impensable, incluso presenciándolo. Pero luego dijo el presidente.

—Soy su jefe no pueden detenerme, saben que si quiero hago una llamada al servicio secreto y los acuso— respondió cínicamente. Logan miró a su compañero temeroso y exclamó en voz baja —¡oye Richard! tiene poder es un peligro detenerlo, vámonos de aquí.

—No.... no me importa que sea el presidente... es un enfermo sexual y maldito ase...sino... lo detendré.

—Piénsalo muy bien muchacho, soy abogado antes que presidente y si te acuso, podrías pasar el resto de tu vida en una celda, o ser asesinado aquí por mis chicos... solo levanto el teléfono que tengo en mi bolso y les digo que fui secuestrado por dos agentes que llevaban a una chica y que son los culpables. Creen que podrán contra el hombre más poderoso del mundo— refuto cínicamente mientras esbozaba una sonrisa con ciertos matices de nerviosismo, pero aun así totalmente descarada.

—Si baja las manos Bill intentando tomar su teléfono, le dispararé, nadie está por encima de la ley, ni usted, así que comparecerá ante la justicia.

Luego de ver que Richard no cedía ni por dinero ni por un cargo mejor que le había propuesto el mandatario, vociferó en tono furibundo: —imbéciles... veo que no quieren cooperar, bien.

El presidente sabía que incluso pese a ser tan poderoso había cosas que no podría explicar, y su coartada podría salirse de su control si los medios se enterasen. Así que un poco desesperado pensó que toda su carrera política y personal se derrumbaría, y pasaría de ser un intachable a un malnacido asesino violador de féminas. Por lo tanto, le entró una brutal desesperación.

—¿Por qué lo hizo? —preguntó de un de repente Richard.

—El presidente le hecho una mirada fugaz, luego agachó la cabeza, como resignado. Para ese momento pensó que podía jugarse la última carta e intentar hacer la llamada, y quizás llegarían sus chicos y matarían a los dos inspectores, el problema estaba en que si lo dejaban.

—Inspector veo que tiene rectitud y es honesto ¡felicidades! —es lo menos que puedo decirle, luego hizo una pausa, y cuando se disponía acercarse Logan para esposarlo vociferó:

—Esperen esperen, está bien cooperaré, pero... —declaró, hizo otra ligera pausa y confesó. — lo hice por el odio... siento un odio hacia ellas no sé cómo explicarlo, el demonio entra en las noches, se apodera de mi mente... y sabía que era difícil ser presidente y continuar con esto.

—¿Qué? — dijeron a coro ambos detectives, indudablemente aquella confesión decía mucho de sus macabros planes y también de su pasado.

— Estas queriendo decir maldito que no son las únicas que asesinaste en Columbia, tienes ...

El presidente lo interrumpió —sí.

—¿Desde cuándo? —preguntó el detective.

—No sé... creo que desde cuando me convertí en abogado hace unos... veintiséis años.

Aquella respuesta dejó helados a ambos.

—¿Cuántas ha asesinado? —inquirió Logan indeciso.

—No lo sé, hagan cuentas —respondió fría y cínicamente. Tal vez era esa su verdadera personalidad que no mostraba ante el público, y todo era un engaño de su mitomanía. —Saben, a mi madrastra de niño le gustaba humillarme y torturarme a su manera, y quizás… Eso fue algo que detonó todo esto en mí, no lo sé, pero no es algo que piense mucho. Disfruto hacerlo, pueden ver a esa ramera. —Señaló al fondo donde se podía ver un cuerpo a duras penas. —se vuelve un vicio, y si, a pesar de mi odio hacia ellas las abuso para compensar mi odio, es la única manera que me calma, es como una droga…

—Pero ¿por qué hasta ahora señor Bill? me refiero, antes usted vivía en Illinois, y que yo sepa jamás se encontraron feminicidios de estas características… lleva casi dos años en el poder y es la primera vez que miro asesinatos de este tipo en Columbia…

El no respondió durante unos segundos luego dijo: —en Illinois era mucho más fácil. Cuando quise ser presidente inspector, pensé dejar esta psicopatía. Pero sé muy bien, sé que esto que tengo es algo imposible de resistir, humanamente no puedo. No sabe cuántas veces he intentado no asesinar, pero… es un sentimiento de odio ingobernable —dijo alzando la voz y subiendo una mano restregándose la cara como de desesperación, luego las pasó sobre su cabello. Y las mantuvo ahí como la orden que le habían dado.

— En Illinois las enterraba, en los condados pequeños fuera de la ciudad de Springfield, ya sabe, muchachas jóvenes y hermosas, y en todas esas décadas jamás sospecharon.

—¡Es un monstruo! ni siquiera tengo una definición hacia usted, —respondió consternado el detective en jefe.

— No busco eso inspector ni mucho menos su aprobación, pero sabe... está bien, iré con ustedes, por hoy es todo lo que diré, toda la declaración la daré ante el juez.

— Señor Bill todo lo que diga a partir de ahorita será usado a favor o en su contra, así que mantenga las manos arriba. Llamaremos a la policía y a los forenses. Usted queda detenido por el presunto asesinato de una persona al fondo, y la muerte de otras sospechosas —dijo el inspector al tiempo que se acercaba a él. Pero a tres metros antes de llegar a él, el presidente dijo con voz alzada. — Aguarde un segundo, hay otra persona.

Richard se detuvo por un momento pensando y preguntó sin pensarlo. — ¿Quién?

— El jefe de servicio secreto. Seguramente él fue el que le dio la información, es un maldito traidor.

Richard pensó en Artur. — "Artur él no era guardia entonces, fue él que".

— Seguramente habló con usted y le contó. Le seré sincero, esperaba una traición de alguien, pero menos de él. Le diré, él también participó en la primera víctima. Quizás, le dio remordimientos de conciencia y..., pero sabe, — prosiguió con una tranquilidad extraordinaria para tener tanta culpabilidad que inclusive dejó anonadado al detective. Y para lo que se le venía lucía bastante tranquilo.

—El jefe del servicio secreto se llama Ron Brown, y le propuse esto bajo amenazas, pero luego accedió gustosamente. Le daba bastantes miles de dólares mensuales, por lo que me permitía salir de la casa blanca sin ser detectado por los demás. Me suministró varios autos, herramientas. Además de lugares. Él siempre iba conmigo, ¡bueno! iba en otro auto cuidándome las espaldas, ya sabe, siempre hay peligro en una ciudad tan grande. Así que seguramente él le dijo este sitio.

Richard se estremeció, ya que desde un principio sospechó que aquel sujeto tenía que ver en algo, y claramente estaba metido también.

— Bien señor Richard, mi esposa es lo único que lamento por el sufrimiento que le causaré. Por fortuna nunca tuvimos hijos que sufrieran por lo que viene pronto. Bien detectives entonces...

En ese instante que yacía resignado y derrotado, Bill Sander corrió directamente hacia el gran ventanal sin protecciones que estaba justo a sus espaldas; y se lanzó hacia el vacío. Richard no pudo detener tal acción, pero de inmediato llamó a la policía, que enseguida arribaron al lugar de los hechos.

EN EL SUELO EL CADÁVER del presidente yacía sin signos vitales para cuando ambos detectives llegaron abajo. Hubiesen podido ser acusados sino hubiese habido pruebas, pero afortunadamente las pruebas comparativas del ADN encontrado en el cuerpo de las primeras víctimas coincidieron con el cabello de Bill Sander, además las múltiples huellas encontradas en toda el área donde había torturado los cadáveres de varias víctimas, agregándole la contundente prueba del rastro fresco de semen en la última víctima. Ron Brown el que le había revelado todo y que se hizo pasar por Artur ante Richard fue detenido semanas después y sentenciado a cadena perpetua por la participación y violación de Karla Davison, aunque lo alegó se descubrieron posteriormente algunos rastros de ADN en la bodega.

El rechazo, ola de asco y repulsión hacia la figura presidencial no se hicieron esperar los siguientes días. Evidentemente, era algo histórico en una figura presidencial y política a nivel mundial. Richard fue condecorado a fiscal de seguridad del estado de Washington por su gran labor hacia el servicio público, y de haber esclarecido el crimen del extraño como en un principio se había llamado el caso.

Días después Richard viajaba por el estado de Texas en su Camaro 1988. Aceleraba por aquella solitaria carretera, en la radio sonaba: "The everybody hurts" de R.E.M. Mientras tarareaba la canción, de pronto a la distancia miró a una chica que hacía autoestop, miró el retrovisor y dio una pequeña sonrisa y acto seguido se dispuso a parar. La chica era rubia y de gran sonrisa, así que sería un lindo viaje hasta Houston donde era su destino pensó.

Noticias Houston Texas 12 horas después 9 am

En otras noticias, una joven fue encontrada asesinada entre unos matorrales, su cuerpo fue violado y brutalmente torturado, la policía cree que se trata de un caso de trata de blancas, inician las investigaciones...

Cita

"En la oscuridad de la noche, un silencio escalofriante se apodera del vecindario. Las calles desiertas se vuelven el escenario de un macabro baile. Entre las sombras se oculta un asesino serial sediento de sangre, cuyo nombre y rostro son un enigma para todos. Sigiloso y calculador, el asesino acecha a sus víctimas, seleccionando cuidadosamente a aquellos que menos sospechen su terrible destino. Sus pasos siguen una coreografía siniestra, persiguiendo a sus presas con la certeza de que nadie estará a salvo. Las autoridades están desconcertadas, incapaces de descubrir la identidad del monstruo que acecha en la oscuridad. Mientras tanto, la ciudad se sumerge en el terror, cada rincón se vuelve una trampa mortal y cada mirada esconde el peligro. Los habitantes viven con miedo, sin saber cuándo ni dónde será el próximo ataque. En esta danza macabra de sangre y horror, todos se preguntan quién será el próximo en caer en las garras del asesino serial sin rostro, sumidos en un terror incesante que no da tregua."

Fin
Gian Marcos

Gracias

www.ingramcontent.com/pod-product-compliance
Lightning Source LLC
Chambersburg PA
CBHW021322160726
47994CB00004B/1563